I0546496

Yf 6992

# L'ANNÉE
## MERVEILLEUSE,
## COMÉDIE
### EN UN ACTE EN VERS

# L'ANNÉE
## MERVEILLEUSE,
### COMÉDIE
## EN UN ACTE EN VERS;
### AVEC UN DIVERTISSEMENT.

Par M. ROUSSEAU.

Repréſentée pour la premiere fois par les Comédiens Italiens
Ordinaire du Roi, le 18 Juillet 1748.

Le Prix eſt de vingt-quatre ſols.

A PARIS,

Chez CAILLEAU, Libraire, rue ſaint Jacques, au-deſſus
de la rue des Mathurins, à ſaint André.

M. DCC. XLVIII.

# ACTEURS.

| | |
|---|---|
| LA FOLIE, | Mlle. ASTRODY. |
| MERCURE, | M. DESBROSSES. |
| LA PETITE MAITRESSE, | M. ROCHARD. |
| LE MAITRE à danser, | Mlle. CAMILLE. |
| LE ROBIN, | Mlle. CORALINE. |
| LE PETIT MAITRE, | Mlle. SILVIA. |
| ARLEQUIN, REVENDEUSE à la toillette. | M. GARLIN. |
| LA VIVANDIERE, | M. DEHESSE. |
| L'AVOCAT, | Mlle. RICOBINI. |

*La Scene se passe dans un Jardin.*

# L'ANNÉE
## MERVEILLEUSE,
### COMÉDIE.

## SCENE PREMIERE.

### MERCURE, LA FOLIE.

#### MERCURE.

 'EN eſt fait , le Deſtin ſe rend à vos
ſoupirs :
Ceſſez d'importuner le Ciel d'un vain
murmure ;
Déeſſe , au gré de vos deſirs ,
Il renverſe aujourd'hui l'ordre de la nature ,
Je viens vous l'annoncer , le Deſtin a parlé :
Déja les élemens à ſa voix ont tremblé ,
De l'Univers la maſſe énorme ,
Va prendre une nouvelle forme ;
Le ſeul ordre des tems n'en ſera pas troublé.
#### LA FOLIE.
Je ne le vois que trop , le Deſtin m'a punie ;
Le bon ſens reviendra , je me verrai banie.

A

### MERCURE.

Non, il ne te rendra jamais,
En honneur, je vous le promets;
Votre puissance est affermie,
De vos faveurs, l'homme paroît content;
La moindre action de sa vie
Est un hommage qu'il vous rend,
La raison disparoît, votre Empire commence;
Avec éclat pour former votre Cour,
Les Dieux ont choisi ce séjour;
Séjour heureux où vous prîtes naissance:
Vous devez embelir la France
Puisque vous lui devez le jour;
Vous y serez tout au mieux accueillie,
Vous le sçavez, l'homme dans tous les tems,
N'osa mêler à dix grains de folie,
Tout au moins un grain de bon sens.

### LA FOLIE.

J'ai prévû du Destin la volonté suprême,
Je me plais en ces lieux que j'ai choisis moi-même
Pour y faire valoir mes droits;
Mes sujets, de leur gré, se rangent sous mes loix.
Déja le Petit Maître abbattu par les veilles,
Du Sexe a pris les airs, les modes, les façons,
Il charge ses habits de clinquans, de pompons,
Fait tresser ses cheveux avec des nonpareilles.
Le Financier, le Petit-Maître enfin,
Imbus d'essence de jasmin,
Ou distillant la quintessence d'ambre,
Ne sont que des corps embaumés:
A peine ils ont les pieds dans l'antichambre,
Que les appartemens en sont tous parfumés,
Voués par état au silence,
Magazins ambulans de leurs Distillateurs,
On douteroit de leur présence,

Si leurs parfums ne donnoient des vapeurs.
　　Ce ne font que des bagatelles ;
Des hommes à préfent analizons le cœur ;
Des femmes, penfent-ils n'avoir que la fadeur ?
　　Non, point du tout : plus infidelles,
　　Plus coquets, plus médifans qu'elles,
　　Plus babillards, plus indifcrets,
　　En immolant l'honneur de quelque Belle,
　　Et trahiffant de l'une les fecrets,
Ils arrachent chez l'autre une faveur nouvelle,
　　Qu'au même prix ils donneront après.
　　Je fais chez eux tous les jours des progrès :
Coufus de petits riens, de foupçons, d'injuftices.
　　Ils s'avifent d'avoir des vapeurs, des caprices ;
　　Pour abréger des difcours fuperflus,
Des femmes, en un mot, ils ont pris tous les vices.
　　Sans en avoir pris les vertus.

### MERCURE.
　　Eh bien, c'eft pour cela, Déeffe,
Que les Dieux indignés en voyant leur foibleffe,
Des hommes aujourd'hui puniront le faux goût,
　　Ils changeront ( leur laiffant la même âme )
　　La femme en homme, & l'homme en femme
　　Sans attendre le premier d'Août.

### LA FODIE.
　　Ils remettront ainfi l'ordre des chofes.

### MERCURE.
Ne vous allarmez pas ; non, ces métamorphofes
　　Augmenteront votre pouvoir,
　　Et vous verrez avant le foir,
　　L'Impertinence en Petit-Maître,
　　La Fadeur fous un habit noir,
　　La Valeur avec un miroir,
Et la Fidélité fous le mafque d'un traître.

　　　　　　　　　　　　　　A ij

Le sexe grossira le nombre des sçavans :
Les femmes des Jaloux dont l'ame est généreuse
    Seront des Maris complaisans ;
Vous verrez acomplir ces décrets étonnans ;
Cette année, en un mot, doit étre merveilleuse.
    Déesse, j'ai quitté les Cieux,
    Pour apporter cette nouvelle :
    Déja je vois une mortelle,
    Elle s'approche de ces lieux ;
    Je me retire, & vous laisse avec elle.

## SCENE II.

### LA FOLIE, *seule.*

A L a fin, je triomphe, & la froide raison
Sur ces climats heureux n'étend plus son empire ;
Les mortels enyvrés d'un aimable délire,
Vont chanter à l'envi ma puissance & mon nom.
Que tout céde au bonheur de railler, de médire,
    De renverser l'ordre de sa maison ;
    Et que les plaisirs que j'inspire,
    Soient de tous les états & de toute saison.

## SCENE III.

### LA FOLIE, LA PETITE MAITRESSE.

### LA PETITE MAITRESSE.

E H, bon jour, charmante Folie !
    De vous voir, je mourois d'envie ;
Je vous cherchois depuis un si long-tems,
Que j'en suis excédée, & presque anéantie :
    Que faites-vous ici ?
        LA FOLIE.
            Je vous attends.

## LA PETITE MAITRESSE.

Vous m'attendiez ! Ah ! que je vous embraſſe,
Quelle faveur ! non, rien n'eſt plus charmant,
Vous me comblez, je ne tiens point en place,
Rien n'eſt égal à mon raviſſement.
Me connoiſſez-vous bien, Déeſſe !

## LA FOLIE.

Oui, vous étiez un Officier.

## LA PETITE MAITRESSE.

Transformé, s'il vous plaît, en Petite Maîtreſſe,
Cela vous paroîtra peut-être ſingulier.

## LA FOLIE.

Non, point du tout, rien ne m'étonne.

## LA PETITE MAITRESSE.

Je donne dans le bel eſprit.

## LA FOLIE.

Vous le pouvez mieux que perſonne.

## LA PETITE MAITRESSE.

Je n'aime point l'encens, il m'étourdit,
Prodiguez-le moins, je vous prie,
Car il me donne des vapeurs.
Sçavez-vous quelle eſt ma manie !
Je me mets au rang des Auteurs,
Je parodie un air, une muſette,
Un tambourin, un menuet,
Enfin, tout ce qui ſe préſente.
Ecoutez un morceau, ſouffrez que je le chante,
Souvenez-vous du moins que je l'ai fait.
*Elle chante.*
Hâte-toi de me rendre heureux,
Dieu d'Amour, c'eſt toi que j'implore,
Ramene l'Aurore,
La Beauté que j'adore,
L'attend pour écouter mes vœux,
Hâte-toi, &c.

La nuit l'éloigne de ces lieux,
Le jour ne paroît pas encore,
Viens appaiser mes feux,
Ou pour servir l'ardeur qui me devore.
Hâte-toi, &c.

### LA FOLIE.

Pour le vrai goût du Chant, & pour la Poësie,
Vous portez les talens, Madame, au plus haut point.

### LA PETITE MAITRESSE.

Je vous les dois, sans vous, je ne les aurois point,
Daignez donc écouter ce couplet, je vous prie.

*Elle chante.*

Soyez discrets dans vos amours :
Ce n'est qu'à ce prix qu'une Belle
Brûle d'une flâme fidelle,
Et vous prépare des beaux jours.
Une faveur legere
Vaut mieux souvent,
Devient plus chere,
Quant un Amant
La prend
A l'ombre du mistere.

Faites, Déesse, attention.
( Puisque vous êtes indulgente )
Que ma muse, est une muse naissante,
Qui plus est de condition.
On trouve dans mes vers une certaine aisance,
De laquelle jamais le public ne dispense
Les Auteurs de profession.
Au reste, charmante Folie,
J'attends ce soir chez moi nombreuse compagnie,
Je donne un bal à mes amis.
Sous quel masque, & sous quels habits,

Me conseillez-vous d'y paroître,
Pour tromper, comme il faut, les yeux les plus perçans.

## LA FOLIE.

L'on ne pourra jamais vous reconnoître,
Si vous vous déguisez en femme de bon sens.

## LA PETITE MAITRESSE.

Non, il vaux mieux en Petit Maître ;
J'attrappe leurs façons, & leurs airs agaçans.
On ne peut mieux : ainsi me voyant travestie,
 Au fonds du cœur, mon époux jurera ;
 Mais quelqu'autre s'y trouvera,
 Pour faire la Contre-partie.

## LA FOLIE.

Eh, débarrassez-vous de lui ;
 Il faut dans cet après-midi
Que quelque ami commun le mene à la campagne,
La politesse y perd, mais le plaisir y gagne.

## LA PETITE MAITRESSE.

Lui, s'éloigner ! il ne le voudra point ;
 Il est ridicule à tel point,
 Qu'il ne veut pas que je m'endette,
Que je passe les nuits au jeu de la Comête,
 A des petits soupers, au Bal.

## LA FOLIE.

Quoi, votre époux ose penser si mal !
 Votre santé, peut-être, l'inquiéte ;
Il veut la conserver, je conçois son dessein.

## LA PETITE MAITRESSE.

Un ennuyeux repos l'affoiblit & l'énerve,
 Voilà le premier assassin :
L'ennui perd la santé, le plaisir la conserve,
 Adieu, j'implore vos bontés.

## LA FOLIE.

Mes soins vous sont acquis, car vous les méritez.

## SCENE IV.

### LA FOLIE.

Quelle étourdie, & quelle folle !
Les Dieux, jufqu'à préfent, me tiennent leur parole,
Quel eft donc cet objet qui vient à pas comptés ?
C'eft Camille, c'eft mon amie.

## SCENE V.

### LE DANSEUR, LA FOLIE.
### LE DANSEUR.

Souffrez que je vous remercie ;
Et recevez les vœux d'un cœur reconnoiffant,
Vous me donnez une nouvelle vie.

### LA FOLIE.

*à part.* Non, rien n'eft plus divertiffant.
*haut.* Mais ne perdez-vous pas à la métamorphofe.

### LE DANSEUR.

Y penfez-vous ! y perdre quelque chofe :
De mon nouvel état je fuis tout enchanté ;
Mon fentiment eft différent du vôtre,
Ce que j'ai perdu d'un côté,
Ma foi, je l'ai gagné de l'autre.

### LA FOLIE.

Il faut en convenir ; c'eft jouer de bonheur.
N'étiez-vous pas Danfeufe !

### LE DANSEUR.

Oui, mais je fuis Danfeur ;
Le fort d'une Danfeufe eft-il égal au nôtre !

Pour quelque tambourin, ou quelque paffepied,
Qu'on danfe une ou deux fois fans avoir de difgrace,
Fier, comme une Sibille auprès de fon trépied;
Dans un caroffe à moi, j'étalerai mes graces,
Tandis qu'une Danfeufe, avec de beaux talens,
    Qui, quelquefois valent mieux que le nôtre,
Ne va fe promener avec tous fes brillans,
    Que dans le caroffe d'un autre.

### LA FOLIE.

    Vous êtes tout-à-fait charmant,
Sans doute, vous donnez des leçons dans la ville.

### LE DANSEUR.

C'eft le fort de mon art, mon caroffe autrement
    Me deviendroit très-inutile.
    Depuis quelques jours feulement,
    J'ai pour la danfe une jeune écoliere
    De votre taille, auffi grande que vous;
    Le croiriez-vous? Je lui fais les yeux doux,
J'emploirois avec elle une journée entiere.

### LA FOLIE.

Non pas toujours occupé d'un Ballet;
    Du moins votre air le perfuade.

### LE DANSEUR.

    Au moindre pas de menuet,
    L'Amour me faifit au colet;
Et mon cœur en fecret fait une gargouillade.
    Sous le prétexte fpécieux
De redreffer fon corps, dont la taille eft charmante,
    De tems en tems je puis jetter les yeux....
    Ah, le feul fouvenir m'enchante!

### LA FOLIE.

Vous êtes un petit fripon
Bien malin & bien rufé.

### LE DANSEUR.

    Bon!

Quand j'étois fille on en usoit de même,
Ce n'étoit pas sans m'en appercevoir,
Mais j'affectois une ignorance extrême.

### LA FOLIE.

Comment donc ! à votre âge auroit-on pû prévoir
Que vous fussiez déja coquette.

### LE DANSEUR.

On le devient en quittant la bavette,
Cela n'est pas si merveilleux.

### LA FOLIE.

Vous êtes bien content de la forme nouvelle
Que vous avez reçu des Cieux !

### LE DANSEUR.

Est-ce donc une bagatelle !
Ah, Déesse ! je goûte un bien délicieux,
Je me mocque à present des langues dangereuses,
Je puis, si je le veux, être un peu libertin ;
Car de ce côté là, le public est malin,
Il ménage fort peut Mesdames les Danseuses.

### LA FOLIE.

Les Danseuses aussi, s'en embarrassent peu,
Il faut en convenir, ils sont à deux de jeu.
Eh, croyez-moi, la Danseuse a des charmes,
Qui près d'elle souvent vous font humilier ;
Et quoi que vous soyez si fier,
Vous êtes le premier à lui rendre les armes :
Je vous connois, je sçais que vous êtes galant,
Qu'aisément la beauté vous fixe sur ses traces ;
Si le sexe, chez vous, vient puiser le talent,
C'est chez lui seulement qu'on peut trouver les grâ-
ces.

## SCENE VI.

### LE DANSEUR, LA FOLIE, VALERE.

#### LE DANSEUR.

Ciel, que viens-je d'appercevoir ?
C'est elle, ou bien c'est lui ! je ne me trompe guère.

#### LA FOLIE.

Quoi ! . . . .

#### LE DANSEUR.

Ce jeune homme en habit noir . . .

#### LA FOLIE.

Eh bien, ce jeune homme est Valere.

#### LE DANSEUR.

Oui, mais c'étoit mon Ecoliere.

#### VALERE *en entrant.*

En vérité, je suis à faire peur,
*à la Folie.*
Je viens pour vous offrir un cœur
Epris d'une ardeur sans égale,
Vous vous garderez-bien de rebuter mes vœux ;
Car, comme vous voyez, j'ai de très-beaux cheveux,
Et ma poudre d'ailleurs est à la Maréchale.

#### LE DANSEUR.

Monsieur est de ces gens qu'on ne rebute pas.

#### VALERE.

Ah, mon Maître à danser ! Eh par quelle avanture
Vous trouve-t-on ici ?

#### LE DANSEUR.

J'ai devancé vos pas,
Pour y faire avec vous cinq ou six entrechats.

VALERE.

Je ne danferai point, Monfieur, je vous le jure.

LE DANSEUR.

La Déeffe le veut : dans cette conjoncture
Il faut.... *Le Danfeur tracaffe Valere.*

VALERE *vivement.*

*à la Folie.*

      Finiffez-donc, vous gâtez ma frifure,
Agréez, s'il vous plaît, mes refpects, mon encens,
Jamais Divinité ne parut fi brillante ;
Vous avez de Venus cette grace touchante,
Ces traits, cette beauté, ces regards languiffans,
Cet air majeftueux.... Et ce fourire tendre,
    Qui font qu'on ne peut fe défendre....
Du plaifir de favoir comment vous vous portez.

LA FOLIE.

Danfez-vous auffi bien que vous complimentez.

LE DANSEUR.

    Vous allez bientôt le connoître,
    C'eft un Danfeur unique, merveilleux ;
    Ce que je dis, eft au pied de la lettre,
    Allons, Monfieur, danfons un pas de deux.

VALERE.

    Ma gravité ne fçauroit le permettre,
Je ne veux plus danfer qu'au Bal de l'Opera.

LE DANSEUR.

Si votre gravité peut le permettre la,
Vous danferez ici ; la chofe eft refoluë ;
Et quoique vous foyez plus droit qu'une ftatuë,
    Rien ne peut vous en difpenfer.

        *Il fait danfer Valere malgré lui.*

VALERE.

    Vous commencez à me laffer.

*à la Folie.*

    Permettez que je me repofe :

Je suis tout essouflé; ma foi je n'en puis plus.

### LE DANSEUR.

Vous êtes essouflé! quoi pour si peu de chose!
Voilà nos jeunes gens : ils sont d'abord rendus.
Allons, Monsieur, allons, courage.

### VALERE.

De me faire danser quelle est donc votre rage!

### LE DANSEUR.

Vous me demandez donc quartier!
Je vous l'accorde, apprenez qu'à mon âge,
( Sans regarder si je suis du métier )
Je me sens assez de courage
Pour désoler un Danseur quel qu'il soit.
Déesse excusez-moi, devant vous je m'oublie,
Et je m'écarte un peu du respect qu'on vous doit,
S'en écarter, c'est rendre hommage à la Folie.

### VALERE.

Me voilà dans un bel état ;
Que penseront de moi, la Présidente,
Melite, Orphise, Celiante ?
Dans leur esprit je tomberai tout plat,
Oui, c'en est fait.

### LA FOLIE.

Quelle peur est la vôtre!
L'Amant qui d'une femme éprouve le dédain,
Tombe dans son esprit ; eh bien le lendemain
Il peut réussir chez une autre.

### LE DANSEUR.

Vous vous trompez Déesse un peu ;
Les plumets vont bientôt inonder cette ville,
Et les gens à rabat n'auront pas si beau jeu.

### VALERE.

Bon! réflexion puerille.

## LE DANSEUR.

Devant les Officiers, moi je baisse la lance;
Aussi modeste qu'un Abbé,
Je gagne doucement l'escalier dérobé,
Et je me retire en cadence.
Il faut savoir saisir l'instant;
Je vais Déesse en faire autant
Pour ne pas abuser de votre patience.

*Il sort en cadence.*

## VALERE.

Et moi, je vais à l'Opera:
Déesse, à ce spectacle-là
Tout nous attire, Acteur, Danseur & Peintre;
Armé de ma lorgnette, à cet instant je parts
Pour promener mes avides regards,
Des loges aux balcons, & des balcons au ceintre.

# SCENE VII.

## LA FOLIE *seule en riant.*

JE suis très-contente de lui.
Bonne acquisition! je vois bien qu'aujourd'hui,
De mes sujets le nombre s'accumule,
Ceci prend un assez bon train;
On cesse d'être aimable, & l'on est ridicule,
Tant mieux, tant mieux mon triomphe est certain.

## SCENE VIII.

### LA FOLIE, LE MARQUIS.

#### LA FOLIE.

EH bon jour charmante Marquise !
#### LE MARQUIS.
Vous vous mocquez, ou c'est une méprise,
Un autre titre m'est acquis ;
Je puis vous faire voir, Déesse, que je suis
Le plus joli petit Marquis.
Ah, que je vais jouir des plaisirs de la vie !
Jusqu'à présent je n'en ai pas joui,
Car avec mon époux j'étois mal assortie ;
Sa présence, son air, tout respiroit en lui
La mauvaise humeur & l'ennui.
#### LA FOLIE.
Avec qui donc voulez-vous qu'on s'ennuie,
Si ce n'est avec son époux ?
#### LE MARQUIS.
Ma foi je pense comme vous.
Sans avoir la moindre tendresse,
Ne s'avisoit-il pas de faire le jaloux :
Convenez avec moi, Déesse,
Qu'un tel époux est une sotte espéce :
Ce que je trouve encore de plus charmant,
Je lui passois une maîtresse,
Et lui ne vouloit pas me passer un Amant.
#### LA FOLIE.
Il avoit tort assurément.

## LE MARQUIS.
On le marquoit au doigt à la cour, à la ville.
## LA FOLIE.
Quel ridicule, & quel travers affreux ;
Cet exemple étoit dangereux
Pour la société civile :
Na-t-on pas fait sur lui quelque bon Vaudeville.
## LE MARQUIS.
Oh vraiment, contre lui les Dieux
Ont, ma foi, fait une bonne Epigramme ;
Ils viennent à l'instant de le changer en femme.
## LA FOLIE.
Ils ne pouvoient le punir mieux.
## LE MARQUIS.
Si la vengeance étoit d'une belle ame,
Grace au Ciel, je pourrois à présent me venger,
Et Monsieur feroit enrager
Cent fois par jour Madame,
Pour lui faire sentir son tort ;
Mais je l'abandonne à son sort.
Bien loin de prendre ma revanche,
Je veux lui donner carte blanche,
Et qu'elle use enfin de ses droits,
Qu'elle quitte Damis, qu'elle prenne Valere,
Qu'elle ait un sot, un fat, tous les deux à la fois,
Je ne m'en embarrasse guére,
En serai-je moins son époux !
Oui, là-dessus, je me sens intrépide ;
Et s'aviser d'être jaloux,
C'est forcer une femme à devenir perfide.
Aux infidélitez je me crois aguerri ;
Avec tout le public j'en ris au fond de l'ame ;
On connoît aujourd'hui beaucoup mieux une
femme

Par

Par le nom de l'amant, que celui du mari:

### LA FOLIE.

Ah, vous êtes trop raisonnable !
Quoi vous ne comptez donc pour rien
Le plaisir d'une femme aimable,
Qui fait cent fois par jour donner au diable
Un jaloux, qui prétend sur le moindre entretien.
Marquis, vous vous en doutez bien,
C'est un plaisir inconcevable.

### LE MARQUIS.

Je ne suis pas de votre avis.

### LA FOLIE.

Vous êtes dans l'erreur, Marquis.

### LE MARQUIS.

Non, point du tout : je crois que c'est vous-même ;
Je veux la laisser vivre en pleine liberté.
Je vais trouver une jeune beauté,
Et je laisse Madame avec celui qu'elle aime ;
Je donne un rendez-vous, Madame en fait de même ;
Je m'endette, elle en fait autant de son côté ;
A l'Opéra je cours, elle à la Comédie ;
Elle soupe à Passi, je soupe chez Lidie ;
Elle rentre fort tard, moi j'y suis arrêté ;
On se voit rarement, à la fin on s'oublie ;
Voilà les plaisirs de la vie,
La suprême félicité.

### LA FOLIE.

Que voulez-vous que je réponde,
Malgré votre mari jaloux,
Vous connoissez assez les usages du monde.

### LE MARQUIS.

Eh oui, je les connoissois tous,
Ce n'étoit que par théorie.

B

## LA FOLIE.
La connoiffance.
### LE MARQUIS.
Eh bien.
### LA FOLIE.
N'alloit pas plus avant.
### LE MARQUIS.
Eh non, voilà dequoi j'enrageois bien fouvent ;
Car la pratique en doit être jolie.
Auffi vais-je bien m'en donner :
Aux torrens des plaifirs je vais m'abandonner,
Et jouir du bonheur d'être homme.
A toutes les beautez je vais offrir la pomme ;
Je fuis à préfent dans le cas
De fubjuguer la beauté la plus fiere,
Sans mes vertus que l'on ne connois pas
Voici les qualitez que j'ai prifé pour plaire :
Un peu d'efprit, l'air éventé,
Une figure un peu paffable,
Beaucoup de tems à perdre, un peu de liberté,
Pour des propos . . . . pas un de raifonnable ;
Eftimer peu, foupirer fans amour,
Trouver tout furprenant, merveilleux, admirable,
Voilà ce qui fait l'homme aimable,
Le mérite du tems, & le talent du jour.
### LA FOLIE.
Je ne crois pas qu'on vous réfifte
Avec ces belles qualitez.
### LE MARQUIS.
Des cœurs qui dans mes fers fe verront arrêtés,
Je vous raporterai fidellement la lifte.
Mettons à profit les momens ;
Je fors pour commencer ma ronde ;
Jufqu'aux derniers retranchemens,

Je vais pourſuivre & la brune & la blonde,
 Et dans mon humeur vagabonde,
Je déconcerterai l'époux & les amans.
LA FOLIE.

Adieu Marquis.
LE MARQUIS.
   Adieu belle Folie.
Je vous conſacre dès ce jour
Le moindre moment de ma vie.
LA FOLIE.

Juſqu'au revoir.
LE MARQUIS.
   Adieu, je vous quitte à regret.
Mais à propos voyons quelle heure il eſt.
*Regardant ſa montre.*
Comment il eſt déja ſept heures & demie ;
 J'aurai manqué cinq à ſix rendez-vous ;
Il n'eſt pas ſurprenant qu'avec vous on s'oublie,
  Encor un coup embraſſons-nous,
  Après avoir trompé quelques jaloux,
  Je viendrai, je vous certifie,
Pour vous remercier embraſſer vos genoux.
LA FOLIE.

Mais ſongez-vous qu'il eſt ſept heures & demie.
LE MARQUIS *d'un air empreſſé.*

Adieu Déeſſe, adieu trop charmante Folie :
J'ai puiſé dans vos yeux de nouveaux traits vain-
  queurs,
  Je ſuis forcé de vous le dire,
Je vais comme un Borée enlever tous les cœurs,
Trop heureux ſi je ſuis près de vous un Zéphire.

## SCENE IX.

### LA FOLIE, ARLEQUIN

*en Revendeuſe à la Toillette.*

#### LA FOLIE.

QUEL eſt ce perſonnage, il eſt bien déguiſé,
N'eſt-ce pas Arlequin.
#### ARLEQUIN *l'entendant.*
Hélas non, j'en ſoupire,
Madame on m'a ( puiſqu'il faut vous le dire )
On m'a deſarlequinizé.
#### LA FOLIE.
Dans cet état nouveau pouvez-vous vous déplaire.
#### ARLEQUIN.
Beaucoup, on ne ſait comment faire,
A parler naturellement
Il ne m'amuſe pas Madame;
Il eſt ſi fatiguant d'être une honnête femme,
Que je ne conçois pas comment
On peut avoir le cœur de l'être un ſeul moment.
Une foule d'amants près de nous vient ſe rendre,
On ne ſait pas lequel il faut entendre,
Car leur mérite échape au trouble de nos ſens,
L'un nous dit des douceurs, l'autre fait des préſens,
Le troiſiéme enfin plus ardent, mais moins tendre,
Trouve mauvais qu'on veuille ſe défendre,
Et parce qu'on lui tient rigueur,
Il prend contre nous de l'humeur.
Cela n'eſt-il pas pitoyable!

## LA FOLIE.

Eh voilà ce que c'est que de paroître aimable.
Ne leur accordez-vous jamais quelque faveur?

## ARLEQUIN.

Non, car je suis passablement cruelle,
Je conserve par là les cœurs que j'ai charmés;
Mais les jeunes gens sont si mal accoutumez
Qu'ils pensent qu'on ne peut trouver de cœur
   rebelle.
Ah quelle espéce! & qu'ils sont sots
Je ne me mets jamais à mes fenêtres
Sans voir tout aussi-tôt cinq à six Petits-Maîtres
Me regarder & s'arrêter tout court,
En s'écriant; ah quelle blonde aimable!
Elle est divine; elle est toute adorable,
C'est une nymphe, c'est l'amour...
C'est une des cinq cens merveilles,
On m'en étourdit les oreilles;
Le cœur est souvent combatu,
Quand on se prête à des douceurs pareilles:
Mais pour conserver ma vertu
Loin de l'éclat de la fleurette,
Et pour accoutumer le monde à mon éclat,
J'ai cru devoir prendre l'état
De Revendeuse à la toillette?

## LA FOLIE.

Marchande à la toillette.

## ARLEQUIN.

Oui, c'est moi qui fournis
Les trois quarts des Hôtels garnis,
Les étrangers sont des gens impayables.
Vous voyez la terreur des maris haïssables,
Par mille petits soins....

LA FOLIE.

J'entends,
Un sot peut prendre mal tout vos soins obligeants.

ARLEQUIN.

Les époux d'aujourd'hui sont de si bonnes gens.

LA FOLIE.

Quoi vous n'avez trouvé personne
Qui se soit avisé de prendre de travers
Les petits mouvements divers
Que cela vous occasionne.

ARLEQUIN.

Pardonnez-moi, je viens de rencontrer
Une sotte, une ridicule.
Je l'apperçois, c'est elle, & je la vois entrer,
Voyez de loin comme elle gesticule.

SCENE X.

LA VIVANDIERE, LA FOLIE,

ARLEQUIN.

LA VIVANDIERE.

Madame, avec votre permission,
Rangez-vous un peu, je vous prie.

LA FOLIE.

Quoi ? quelle est votre intention ?

LA VIVANDIERE.

De lui couper la physionomie.

ARLEQUIN.

Hélas, défendez-moi.

**LA FOLIE.**

     Doucement, s'il vous plaît;

**LA VIVANDIERE.**

S'il me plaît ? non, vraimén.

**ARLEQUIN.**

     Daignez donc me défendre ;

**LA FOLIE.**

Un couroux auffi vif ne sçauroit se comprendre.

**LA VIVANDIERE.**

    Sçavez-vous ce qu'elle m'a fait ?
J'avois un beau garçon, lequel devenu fille,
    Fait une Brune assez gentille.
J'étois un Grénadier des plus fiers qu'on ait vû,
Et ma fille doit être un Dragon de vertu,
    Mais, ventrebleu, cette coquine.....

**ARLEQUIN.**

Coquine, à moi ! Ciel quel affront sanglant,
    Madame, en ai-je donc la mine ;
    Pour essuyer un pareil traitement.

**LA VIVANDIERE.**

    Vous en avez le jeu, ma Reine,
    Et si vous vous donnez la peine
D'aporter à ma fille encore des poulets,
    Par-là, corbleu. . . . .

**ARLEQUIN.**

      Quelle injuftice ;
Me soupçonner ! moi qui suis sans malice !
    Ah ! Déesse, je vous promets,
    Qu'à cette aimable Demoiselle,
Je venois simplement montrer de la dentelle;

**LA VIVANDIERE.**

    Montrez-là moi, je m'y connais
    Et ne pense pas m'en revendre,
J'en ai plus manié lorsque j'étois en Flandres,
    Que tu n'en porteras jamais.    B iv

### ARLEQUIN.

Non, cela seroit inutile,
Vous vous mettez aisément en couroux,
Et vous êtes trop difficile
Pour qu'on fasse affaire avec vous.

### LA VIVANDIERE.

Eh bien, vous le voyez, Déesse,
La dentelle ne sert qu'à mieux cacher son jeu.

### LA FOLIE.

Là, doucement, modérez-vous un peu,
Et traitez cette femme avec moins de rudesse,
C'est la premiere fois.

### LA VIVANDIERE.

Morbleu, c'est beaucoup trop.
A la premiere fois, il faut bien prendre garde,
Et pour peu qu'on s'y hazarde,
Dès la premiere fois, l'honneur prend le galop.

### LA FOLIE.

Vous conservez toujours dans le fond de votre ame
Ce sentiment sur l'honneur délicat,
Qui caractérise un soldat.

### LA VIVANDIERE.

Oui, je veux, s'il se peut, être une honnête femme.

### ARLEQUIN.

S'il se peut, Madame, ah, vraiment !
Cela se peut fort aisément,
Et je ne pense pas que personne s'oppose
Au respectable arrangement
Que votre ame se propose.

### LA VIVANDIERE.

On fera bien : mais surtout garde toi
De porter desormais aucun billet chez moi,
De mon premier état j'ai gardé l'encolure ;
J'ai le bras aussi fort que je l'avois jadis ;
Et pour ton bien je t'avertis

De ne point tenter l'avanture.
Ma fille sera sage, ou sans aucun quartier,
Je ferai voir, en punissant l'injure
Que l'honneur chez un grenadier,
Est plus puissant que la nature.

*Elle sort.*

## SCENE XI.

### ARLEQUIN, LA FOLIE,

#### ARLEQUIN.

MOi, de peur d'accident, Déesse, je m'en vais,
Mais protegez, je vous supplie,
Une fille qui desormais
A vos loix consacre sa vie.
Je l'avoue, entre nous, la sagesse m'ennuye,
Mon cœur à ses leçons ne se rendra jamais;
Arlequin, quel qu'il soit, est fait pour la Folie.

## SCENE XII.

### L'AVOCAT, LA FOLIE.

#### L'AVOCAT.

JE viens de vos travers me plaindre avec éclat;
Avez-vous pû former cette folle pensée,
De me faire changer d'état?

#### LA FOLIE.

Eh, pourquoi donc votre ame en est-elle blessée?

L'AVOCAT.

Quoi, Déeffe, j'étois une femme fenfée !
Et ne fuis plus qu'un Avocat?

LA FOLIE.

Le changement eft remarquable ;
Mais, vous vous en plaignez à tort;
Vous pouvez fans aucun effort,
Dans ce nouvel état être auffi refpectable.

L'AVOCAT.

Eh, ne l'étois-je pas ? D'un pareil changement
Avec raifon, mon ame s'indifpofe ;
Elle y perd, & je puis le prouver clairement.
Au moins de la métamorphofe,
Les Dieux, en ma faveur, pouvoient fe difpenfer ;
Je n'avois pas befoin d'être homme pour penfer.

LA FOLIE.

Je le crois ; mais enfin, vous n'avez rien à craindre,
Etant femme, vous penfiez bien,
Etant homme, le Ciel ne veut pas vous contraindre
A penfer mal, & vous ne perdez rien.

L'AVOCAT.

Quoi, vous ne fentez pas combien je dois me
plaindre
Du changement qu'ont operé les Dieux ?
Mon premier état valoit mieux.
Au Sexe on veut en vain reprocher l'injuftice,
Blâmer dans fon efprit trop de légereté,
Sa médifance, fa malice,
Et la petite vanité
Que peut lui donner fa beauté.
Certain je ne fçais quoi, qui flate, pique, amufe,
Parle fans ceffe en fa faveur,
Et l'homme, malgré lui, dans le fonds de fon cœur,
De la femme trouve l'excufe.

Mais pour lui, qui prétend régner dans l'Univers,
 Et qui croit sa raison parfaite ;
  Il ne montre que des travers,
  Qu'aucun agrément ne rachette.
  S'il est instruit, c'est un pédant ;
  C'est un sot, s'il est ignorant ;
S'il a fait quatre vers, son orgueil est extrême ;
 S'il est en place, il fait l'homme important ;
  Son ton, son air, son regard même,
  Tout chez lui devient insultant ;
  Mais le comble du ridicule,
C'est lorsqu'en ses façons, & son petit parler,
  A la femme, il veut ressembler,
Que de sa gentillesse il veut être l'émule,
Et qu'à ses agrémens il prétend s'égaler.
Ah! les hommes devroient, s'ils étoient raisonnables,
  Rachetter leur manque d'appas,
  Par des qualités estimables.
Les défauts d'une femme, enfin, sont pardonnables ;
  Ceux d'un homme ne le font pas.

### LA FOLIE.

Vous plaiderez fort bien, mais souffrez la réplique,
 Je crois qu'à tort votre bouche s'applique
 A nous représenter les hommes odieux ;
En vain contre eux votre esprit s'indispose,
Ils paroissent encor aimables à vos yeux.

### L'AVOCAT.

 C'est qu'il faut aimer quelque chose,
 Et qu'on ne trouve rien de mieux.

### LA FOLIE.

Eh bien, à l'avenir tout va changer de face,
 De ce moment, le Sexe feminin,
 Du masculin prenant la place,
 Va faire naître un siécle tout divin ;

Les hommes feront agréables,
Les femmes feront raifonnables
Et tout ira des mieux.

### L'AVOCAT.

Non, tout ira plus mal ;
De l'Univers, le fiftême inégal
Produit ce beau defordre à vos yeux fi fublime,
Ne ceffera t'on pas de fatiguer les Dieux
D'une plainte peu légitime.
Le Satirique furieux
Contre fon fiécle en vain s'anime,
Tout eft bien comme il eft, il ne peut être mieux.
Le Ridicule eft bon pour amufer le Sage ;
L'imprudence de l'un, rend l'autre circonfpect ;
C'eft au dépens du vice & du libertinage,
Que la Vertu s'acquiert un éternel refpect.
Du monde, tel qu'il eft, fongeons à faire ufage ;
Des mortels méprifés évitons les défauts,
Et nous verrons alors que les foux & les fots
Sont formés pour notre avantage.

### LA FOLIE.

Sans doute, l'Univers doit vous être obligé ;
Vous le peignez d'une façon brillante,
A laquelle avant vous, on n'avoit pas fongé.
Oui, c'eft par un faux préjugé
Que de fon fiécle aucun ne fe contente.

### L'AVOCAT.

Le fiécle où nous vivons, eft le plus beau de tous ;
Et qui le blâme a tort ; peut-on jamais prétendre
Un fort plus charmant & plus doux.
La Société douce & tendre,
Uniffant les égards avec la liberté,
Produit toujours en France une aimable gaîté :
Le Sçavant parmi nous quittant le ton barbare,

Eſt un homme du monde, & jouit des plaiſirs ;
Là femme, de l'étude, elle même ſe pare ;
L'eſprit ſert les attraits & produit les deſirs ;
L'air aimable & galant, ſecondé du courage,
Aux champs de Mars, dompte les Ennemis,
Et des cœurs au retour reçoit le doux hommage.
Quel eſpoir plus flatteur peut nous être permis ;
La France en combattant enchaîne la Victoire,
  Toujours la Fortune la ſuit,
Et la paix, qu'aujourd'hui ſa vaillance produit,
  Eſt le plus beau trait de ſa gloire.
Déeſſe, revenez d'une fatale erreur,
Remettez l'Univers dans ſon premier ſyſtême ;
Notre ſiécle eſt parfait, & pour notre bonheur,
  Des Dieux obtenez la faveur,
Que ceux qui le ſuivront puiſſent être de même.
  A mon égard, je vous le dis tout net,
Déeſſe, j'étois femme, & je veux l'être encore,
Je me ris des projets que vous faites éclore.
*Naturam expellas furca tamen uſque recurret.*

---

## SCENE XIII.

### LA FOLIE, *ſeule.*

CEluï-ci ne perd rien à ſon nouvel état,
 Et ſon talent clairement le démontre
  Il plaide le Pour & le Contre,
  C'eſt un véritable Avocat.

## SCENE XIV.

### MERCURE, LA FOLIE.

### MERCURE.

A Quoi pensez-vous donc, Déeſſe !
Rendez-vous aux ſoupirs de vos nouveaux Sujets,
Ils viennent vous marquer ici leur allégreſſe,
    Et reconnoître vos bienfaits.
Vous allez voir une Troupe choiſie.
    Paroiſſez donc, Peuple heureux.
Puiſqu'aujourd'hui le plaiſir ſeul vous lie,
    Venez par vos chants & vos jeux,
Venez tous rendre hommage à la Folie.

## SCENE XV, *& derniere.*

### LA FOLIE, SES SUJETS,

*On danſe.*

### UN SUJET DE LA FOLIE.

R E G N E Z ſur nous Divinité cherie ;
    Vous êtes l'ame du bonheur,
    Qu'à jamais le plaiſir nous lie,
    Il ne peut flatter notre cœur
    Qu'autant qu'il tient à la Folie.
               *On danſe.*

## VAUDEVILLE.

VOIR un Caiſſier affable & doux,
Cloris, pour ſon volage Epoux,
Fidelle aux loix de l'Hymenée,
Des feux diſcrets chez les Amans;
Fille novice à quatorze ans,
      La merveilleuſe année !

  Dois-je vivre ſans Amoureux,
Non, à quelque choſe de mieux ;
Je ſens que je ſuis deſtinée;
Au lieu d'un, s'il m'en venoit deux,
Je chanterois d'un cœur joyeux,
      La merveilleuſe année !

  Juſqu'à préſent, les jeux d'enfans,
Faiſoient tout mon amuſement,
J'ignorois pourquoi j'étois née,
Mon cœur vient de m'en éclaircir ;
J'ai pouſſé le premier ſoupir,
      La merveilleuſe année !

  Les hommes, dit-on, ſont ingrats ;
Pour moi, je ne le penſe pas ;
Vraiment, j'en ſuis bien éloignée ;
Si j'offre un baiſer à Tyrcis,
A l'inſtant, il m'en offre dix ;
      La merveilleuſe année !

## ARLEQUIN.

Daignez, Messieurs, en ma faveur
Faire aujourd'hui grace à l'Auteur;
Pour lui, quelle heureuse journée;
Et quel doit être son bonheur,
S'il vous entend chanter en chœur;
La merveilleuse année !

FIN

J'ai lû par Ordre de Monsieur le Lieutenant Géné-ral de Police, une Comédie qui a pour titre ; l'*Année Merveilleuse*, & je crois que l'on peut en permettre l'impression, ce 31 Juillet 1748. CRÉBILLON.

Vû l'Approbation. Permis d'imprimer à la charge d'enregistrement à la Chambre Syndicale. Ce 31. Juillet 1748. BERRYER.

*Registré sur le Livre de la Communauté des Imprimeurs & Libraires de Paris, N°. 3260. conformément aux Ré-glemens, & notamment à l'Arrêt du Conseil du 10. Juillet 1745. A Paris le 1. Août 1748.*
G. CAVELIER Pere, *Syndic.*

De l'Imprimerie de BALLARD Fils, rue Saint-Jean-de-Beauvais, à Sainte Cécile.